KB211156

활짝 피어날

________________ 에게

________________ 로부터

이젠 네가 피어날 차례야

바리수

PROLOGUE

세상이 아주
미웠던 때가 있었어요

오냐하면
지금 당장의 나는
그러지 못 했으니까요

그래서 세상에 속지 않으려
뿔을 갖고 산 것 같아요

게다가 주변 사람들은 모두
행복하고 즐거워보이는데

제 세상은 우울했어요

친구를 만나도 비교하느라
바빴고

상처 받는 날이 많았구요

그런 날이 쌓이니
혼자 있는게 더 행복했어요

상처 받지 않을 수
있었거든요

바리수 라는 캐릭터도
그런 마음에 만들었어요

▷이불 속에 숨은 뿔이 난 사람을
캐릭터로 만든 거예요 (쑥스)

그렇게 뿔이 난 상태로
세상을 미워하면서도

"잘 될거야!"
"다 괜찮아"
"너의 날이 올 거야!"

나도.. 언젠간..

이런 말들이 사실이길
간절히 바라곤 했습니다

그런 시기가 있었고
또 어떤 마음인지 알기에

무작정 좋은 순간이라고
말하고 싶지 않아요

하지만 모진 날에도
그 안에서
인생이
나를
또.. 시험하네
쓰읍.. 하며,
다시 한번 살아가게
해줄 이야기를 들려드릴게요

모든 것에는 때가 있고
내가 지나야 할 순간들을
그래!
이번엔 이거냐!
방해물
부지런히 보내다 보면

슈욱!
이전보다 더 단단하고
배웠어
풍족한 마음이 되는 것 같아요

그때가 곧 찾아오길 바라며,
또 그럴 거라고 믿으며

매일 배우고,
매일 자란다

이렇게 인사를 드려요

이리 귀한 분이
읽으신다니…(영광)
어서오세요!

CONTENTS

오늘은 오늘의 몫을 하자

Part 2

매일매일 더 나아질 테니까

그 빛을 따라 걸어

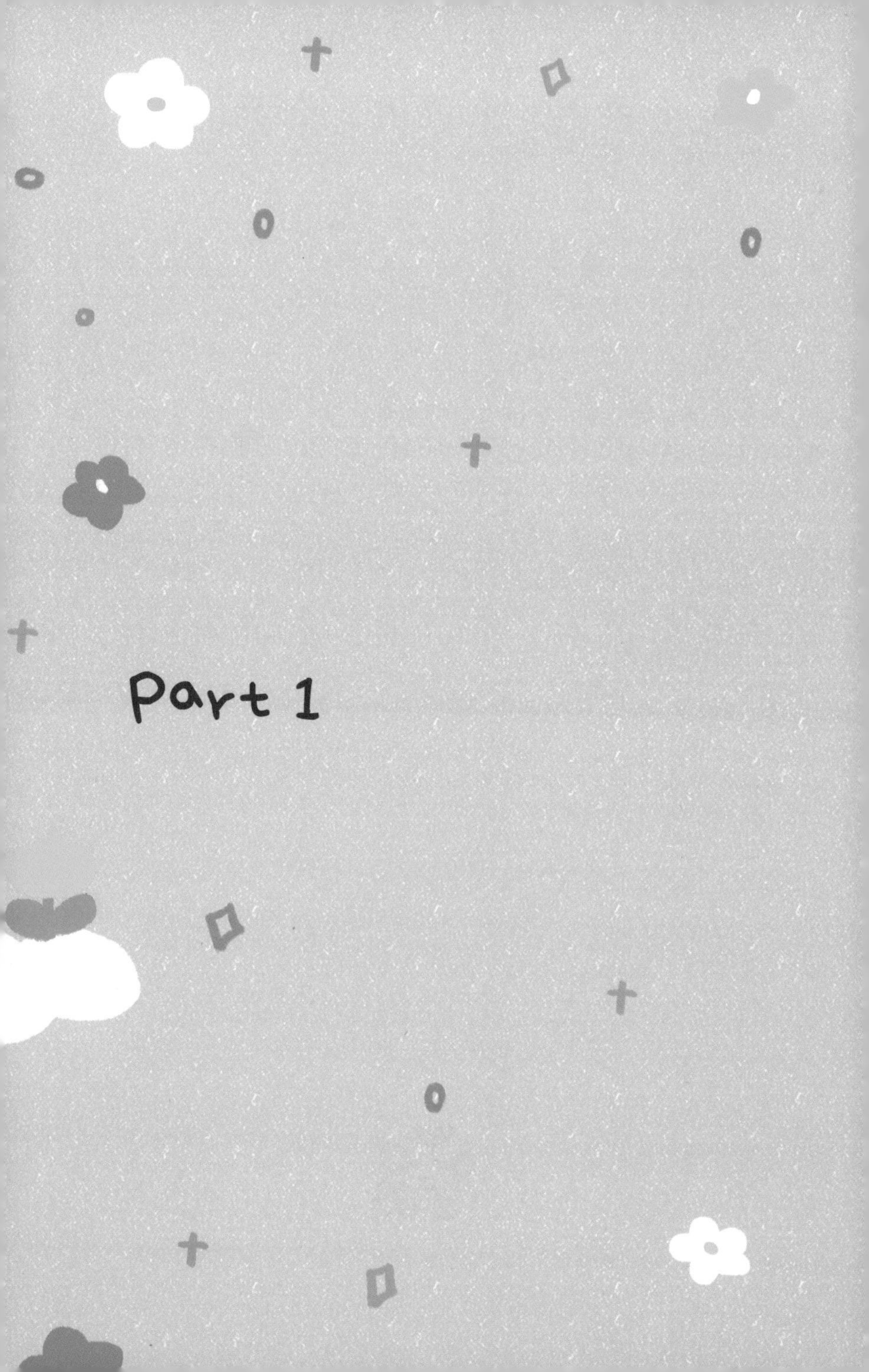

Part 1

오늘은 오늘의 몫을 하자

시작의 힘

바리수 / 경험주의자
조아
새롭게 무언가를
하는 걸 좋아한다

이건 어떨까?
과연?
두
근
시작하기 전의 설레임과
그 과정에서 만날
모든 것에 대한 호기심

때때로 하나의 시작으로
상상도 못했던 곳으로 가기도 하고
나도 그려볼래..
와! 여기까지!
지금, 여기

때때로 하나의 시작으로
큰 기회를 얻게 되기도 한다.
배워두자!
가 필요해
배워둔 걸!

헤세의 말에
이런 말이 있다.

모든 시작에는 신비한 힘이
깃들어 있어 그것이
우리를 지키고 살아가는데
도움을 준다.

헤르만 헤세

시간이 조금 들더라도
우리의 시작이 우리를 도와주는
순간이 올 거야!
오!!
헤
은혜 갚는 시작
툭
딱 필요했어!

신비한 힘이
가득 담긴 각자의 시작을
응원합니다!
지금 시작해요!
예감이 좋아

모든 시작에는 신비한 힘이 깃들어 있어

그것이 우리를 지키고 살아가는 데 도움을 준다.

내가 애정하는 헤르만 헤세의 문장 중 하나.

항상 무언가를 시작할 때

이 문장을 마음속으로 되새기며

한 발자국 나아가곤 한다.

그만큼 나에게 커다란 힘을 주고

또 단단한 믿음이 되어 주고 있는 문장이다.

그가 말했듯이 모든 시작에는

알 수 없는 힘이 있다.

이 시작이 나를 어떤 곳으로 이끌어 줄지

그 당시의 나는 알 수가 없다.

그래서 시작이라는 건

더 멋지고 설레는 일인지도 모른다.

작은 시작이

인생의 커다란 변화를 만들기도 하고,

가볍게 시작한 일이

어느 날 인생에서 꼭 필요한 일이 되기도 한다.

시작에는 분명히 신비한 힘이 있다.

요즘 시작할까 말까 고민하는 일이 있다면

당장 해 보자.

예감이 좋으니.

감동과 행복의 역치가 낮은 사람

특징: 마음 써주는 것에 전부 감동하는 편

감동99
감사99
행복99
둥차!
둥칫!
그 성질이 내 디폴트값인데
고맙습니다!
최고! 감동이에요
표현을 많이, 자주해서

진짜 맞아?
네..!
찌잉..
종종 의심하는
사람들도 있었다

소심한 마음이 들어서
이리저리 고민도 했지만
가식처럼 느껴지나?
가짜 감정인가?
과한가?
표현하지 말까?
별론가..?

난 진짠데?
가식처럼 느껴지나?
누구 기준으로?
내가 느낀 그대로야!
가짜 감정인가?
과한가?
표현하지 말까?
별론가..?
오히려 좋아하는 사람들도 있을 걸
표현하는 게 좋아!
생긴대로 사는 것이
맞다는 결론을 내렸다

내가 느낀 좋은 마음을
가랏!
제때, 제대로
표현하면서 살고 싶다

감동이야ㅏㅏ
찌잉..
지금처럼 감동하고
자주 감사하고
행복할 거야

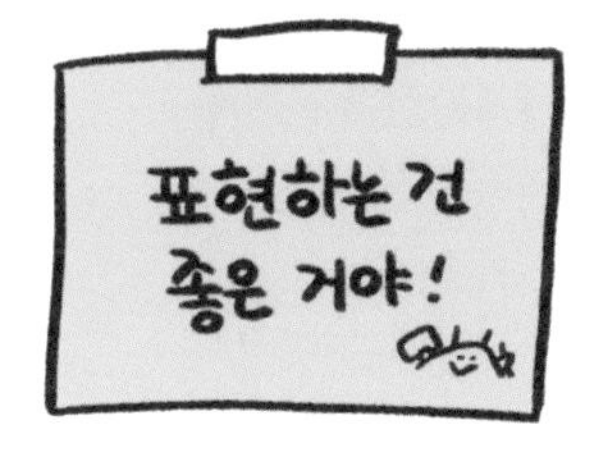
표현하는 건
좋은 거야!

싱그러운 날씨.

흔들리는 나뭇잎과 햇살.

다정한 인사와 안부.

마음이 담긴 메시지.

나를 감동하게 하는 것이나

내가 행복하다고 느끼는 순간을 적으라면

아마도 이 페이지를 빼곡하게 다 채울 수 있을 것 같다.

나는 감동과 행복의 역치가 낮은 사람.

역치의 사전적 의미는

'생물이 외부 환경의 변화,

즉 자극에 대해 어떤 반응을 일으키는 데 필요한

*최소한의 자극의 세기'*다.

나에게는 아주 작은 자극에도

감동과 행복을 느끼는 능력이 있다.

그래서인지 일상에서도 자주

감탄하고 감동하고 감사하고 행복해한다.

또 그 순간들은 내 안에 에너지를 가득 채워서
텐션을 높여 준다.
게다가 나는 표현하는 일에 스스럼이 없어서
느끼는 바를 즉석에서 바로바로 내뱉는다.
이런 사람이 된 것에는 이유가 있다.

어렸을 적부터 나는
감정을 느끼고 표현하는 것보다
숨기는 일을 더 잘했다.
좋아하는 이가 있어도 좋아하지 않는 척
고마워도 덤덤한 척했다.
그게 나를 보호하는 일이었고
그렇게 함으로써 안전하다는 느낌을 받았다.

하지만 그럴수록 내가 원하는 이들과 멀어졌고
말을 하지 않으니 사람들은 내 마음을 알아주지 못했다.
그때부터 조금씩 불편하고 간지러워도
하나둘 마음을 표현하기 시작했다.

처음에는 말하지 않아도 알 텐데

굳이 말로 해야 하나? 싶었지만

그렇게 시도하는 횟수가 늘어나니

표현력도 늘어나고

좋은 감정이 배로 느껴졌다.

표현하는 일은 위험한 게 아니라

오히려 더 좋은 일이라는 걸 그때 알게 됐다.

신기하게도 그렇게 느끼는 일이 잦아지니

내가 좋아하는 것들이 더 눈에 들어왔고

스스로가 좋아하는 게 무엇인지

더 뚜렷하게 알게 됐다.

그동안 내 마음을 숨기느라 나조차도 몰랐던

감동과 행복감이 솟구치듯이 찾아왔다.

가끔씩 이런 마음의 표현을 오해하는 이들도 있다.

진정성에 대한 것.

그런 오해에 스스로를 의심했던 적도 있지만

난 분명 진심인 게 맞다.

내 감정마저 누군가의 허락을 받을 필요 없다.

나는 마음을 보냈고

그걸 받아주는 건 상대의 몫이니까.

나는 그냥 내 몫의 일을 하면 되는 거야.

오늘의 몫을 하자

오늘은
이만큼
내 손에 담을 수 있는
크기로 만드는 거야

열심
열심
그렇게 하나 둘 쌓인 일이
어느날 보면 꿈꾸던
크기의 양이 되지

이것도 챙겨 ᵕ
차근차근
분명히 잘 해낼 거야 ᵕ

오늘은 오늘의 몫을 하자

늘 나를 힘들게 하는 건 욕심이었다.
지금 당장 무언가가 있었으면 하고 바라는 마음.
분명히 바로 일어날 수 없는 일이라는 걸 알면서도
한 움큼 욕심을 내곤 한다.

마음속에 여러 가지의 꿈이 생겼다.
잘하지 못하더라도 꾸준히 해내고 싶은 것들.
꾸준함이라는 건
한번 자리를 잡으면 쉽게 지속할 수 있지만
그만큼 시간이 걸리는 일이기도 하다.
당장 오늘 하루는 아무것도 아닌 것처럼 보일지 몰라도
하나하나 차곡히 쌓이면
생각지도 못한 힘을 만들어 내기도 한다.

오늘도 이 하루의 힘을 믿으며 하나씩 쌓고 있는 중이다.
오늘 내 손이 닿을 수 있는 것부터 조바심 내지 않고 하기!

애정이 우리를 살게 해

인생..
XXX..
인생은
아름다워
염세주의와 낙천주의를
넘나들며 사는 나

다 부질없다구
싫어
단
호
염세주의에 빠질 땐
꽤나 냉소적이다

어떻게.. 이렇게..
!!
!!
그러다가도 만나는
좋은 사람들로 인해서

두텁게 쌓아두었던
마음의 얼음들도
힘없이 녹아내리곤 한다

차가워지면
상처는 덜 받겠지만
결국엔
사랑과 애정이
우리를 살게 해
결국 우리를 살게 하는 건
사랑과 애정이고

능력자들
다정함도 능력이라는 걸
느끼는 요즘이다

언제나 약간의 온기는
늘 남겨두는 사람이 되어야지

삶에 있어서 최상의 가치를 꼽으라면
진부하지만 사랑이라고 말할 수 있다.
가족 간의 애정
이웃과 주고받는 온기
자연과의 교류 등
이 모든 것들이 나에게는 사랑이다.
일상 속에서
더 나아가 삶 속에서 나를 지탱해 주는 것들이다.

온기는 눈에 보이지 않고
그래서 실체가 있는 무언가로 보이지 않는다.
하지만 다정한 안부 인사를 통해서 느껴지는 충만함과
기분 좋은 마음은 나의 내면을 한없이 북돋아 준다.
보이지 않지만 분명히 존재하고 있는 것.

사랑보다 미움이 더 익숙하던 때가 있었다.
시기와 질투에 눈이 멀어서
누군가를 만나도 곱게 볼 수 없었다.

마음이 한없이 가난하고 못났던 시절이다.

미움이 늘어날수록

악영향을 받는 건 나 자신이었는데

그걸 몰랐다.

미움을 주면 삶은 미움으로 온통 칠해진다.

사랑을 주면 삶은 사랑으로 가득 채워진다.

앞으로 이 마음을 오래오래 간직하고

사랑을 주고받는 일이 더욱더 쉬워졌으면 좋겠다.

정말로 사랑이 전부인 거야!

스스로에게 돌을 던지던 때가 있었어

내가 그럴지뭐..
안 할래..
상상만으로 겁에 질려
포기하기 일쑤였다

실패하고 싶지
않았고
쪽팔려...
ㅋ ㅋ ㅋ ㅋ ㅋ ㅋ ㅋ ㅋ
우스워지는 일이
끔찍하게 싫어서
그래서
아무 것도 안 했다
가 만

이래도 될까?
그냥 가만히..
우물
쭈물
그렇게 점차 모든 면에서
소심해지곤 했지만

그만!
이젠 나를 방해하기 보다
뚝
딱
오늘은
더 잘하네
오-
그 시도 좋아
워-후
열렬히 응원해주려 한다

가득 쌓여있던
불신은 놓아주고
Bye!
아쟈쟈!
스스로를 더
믿어주기로!

약간의 의심,
그보다 더 큰 확신을 갖고
차근차근
해보는 거야
약간의 두려움,
그보다 더 큰 용기를 품고

하루하루를
원하는 대로 그려보자

내가 하는 일은
늘 볼품없고 초라해 보이던 때가 있었다.
남들이 하는 건 다 괜찮아 보이는데
유독 내 건 별로였다.

무언가를 하려고 할 때마다
아무도 나에게 하지 않은 말들이 머릿속에 떠다녔고
매번 스스로를 공격하고 있었다.
난 그 말들을 사실로 여겼고, 그래서 자꾸만 작아졌다.
상상만으로도 겁에 질려서 시도하기는커녕
스스로를 찌질한 사람처럼 여겼다.

무섭게도 그런 생각들은 생각에서 끝나는 것이 아니라
다른 일상 하나하나에도 영향을 끼쳐
점점 더 자기 자신을 소극적이고 볼품없는 사람마냥
행동하게 했다.

이 사실을 알게 된 이후부터

생각을 유심히 살펴보고 경계하고 있다.

난 내가 생각하는 그 사람일 테니까.

쌓아 온 시간이 많아

여전히 스스로를 어여삐 보아줄 순 없지만

적어도 나를 공격하진 않는다.

이제는 내가 가지고 있는 것들을

맘껏 꺼내어 보려고 한다.

늘 스스로 했던 검열을 멈추고

내가 하고자 하는 일들을 맘껏 해 보기로.

감성적이었던 것

낯가림이 있었던 것

글을 끄적이는 걸 좋아하는 것

자랑스레 여기지 못했던 나의 것들을

이제 껴안으며

하나둘 펼쳐 보려 한다.

상상 속에서 눈치 보는 일은 이만 끝내고

온전히 내 마음이 원하는 것을

그대로 한번 따라가 봐야지.

SEIZE THE DAY!

LOVE MYSELF!

오늘을 즐겨라!

나 자신을 사랑해!

일상 속 완급 조절

샤샥
샤샥
흐..
일상 속에서
완급조절하는 연습을 한다

의
욕
만
땅
유독 의욕 넘치는 날을
편애하는 편이라
아유..
하기 시러..
이런 나.. 별루..
처지는 날에는 괜히 시무룩해진다

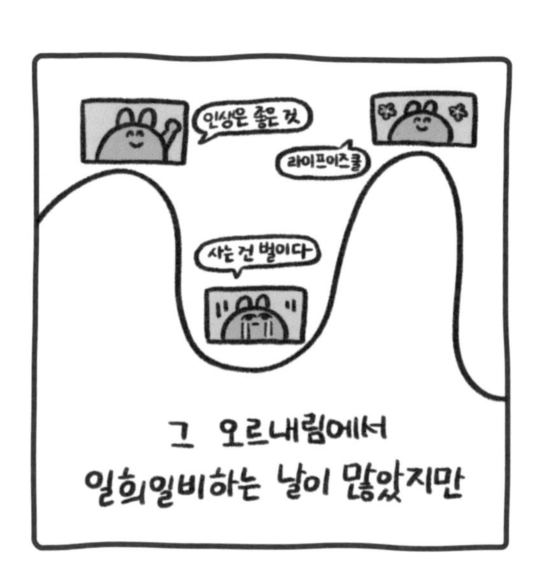
인생은 좋은 것
라이프이즈쿨
사는 건 벌이다
그 오르내림에서
일희일비하는 날이 많았지만

이 모든 것들이
자연스러운 흐름이라는 걸 알고
봄과 겨울
낮과 밤
밀물과 썰물
조금은 가벼운 마음으로
보내고 있다

열
정
오늘 할 일
일하기
책 읽기
운동하기
부지런할 땐 부지런히
오늘 할 일
눕기
숨 쉬기
멍 때리기
게을러질 땐 한껏 게으르기

힘을 주고, 힘을 빼고
일상 속 멜로디를 즐기며
아무 것도
하기가 시러♪
게으름의 춤
그 하루만을 위한
춤을 춰야지

쓸모없는 하루는 없으니까

어렸을 적에는 늘 활동적으로 지내야만

잘 사는 거라고 믿어 왔다.

그래서 피곤하고 게으른 나를 나무라며

억지로 몸을 일으켜 세웠다.

그렇게 해서 내가 잘 살았던가?

아니, 오히려 역효과가 나서 며칠을 끙끙 앓곤 했다.

하루를 쉬면 될 것이었는데

그 욕심 때문에 일주일을 내내 쉬어야만

조금 움직일 수 있는 상태가 되곤 했다.

이제는 내 몸에 귀를 기울이고

자연스러운 형태로 살아가려고 한다.

피곤하다면 적절한 쉼이 필요하다는 것이고

게으르다면 가만히 누워

내 안에 행동의 에너지를

차곡히 쌓아야 한다는 뜻이다.

스스로를 나무라지 않고

내 하루하루에 각박하게 굴지 않으며

내 몸과 마음에게 더 친절한 일상을 보내야지.

정말이지 쓸모없는 하루는 없으니까.

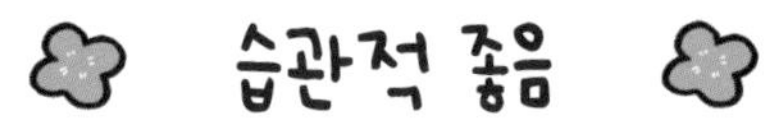
습관적 좋음

심술이 가득한 날에는
괜히 불평 불만이 많아져서

내가 있는 곳에서
저것도 별로
이것도 별로
별로 투성이
불
만
별로인 것만 찾아
생각하고 말하게 된다

우리도 있는데
분명 그만큼
좋은 것도 많을텐데

습관적 불평 보다
습관적 좋음을 발견하고 싶다
이것도 좋고~
좋다!
이뻐고

쉽게 좋은 걸 보고
느끼는 쉬운 마음
찾았다!

세상이 아무리 복잡해도
주관적인 내 하루에서만은
단순해지자

주의 깊게 생각을 바라보는 일을 좋아한다.
신기하게 아무 생각을 하지 않으려고 해도
조금만 시간이 흐르면
어느새 나도 모르게 딴생각을 하고 있을 때가 있다.

그중에는 나에게 힘을 주는 생각도 있고
나를 작게 만드는 생각도 있다.
어떤 생각을 하느냐에 따라서
내가 있는 곳을 바라보는 시각이 달라진다.

부정적인 생각으로 가득 찰 때는 불평불만도 많아지고
안 좋은 소리만 계속 늘어놓게 된다.
그렇게 점점 더 좋지 않은 감정들은 쌓이고 쌓인다.
스스로 부정적인 쪽으로 생각을 하고 있음을 알아차리면
최대한 빠르게 더 나은 방향으로 생각하려고 한다.
쉽지만은 않지만 생각의 방향이 달라지면
마음의 방향도 함께 달라져서
밝은 부분을 볼 수 있는 힘을 준다.

개개인의 세상은 모두 주관적이다.

화가 잔뜩 난 사람은

같은 공간에 있어도 화가 나는 것만 보이고

기분이 좋은 사람은

그 공간에서 좋은 것만 보인다.

무엇이든 각자의 해석에 따라 다르다.

그 안에서 나는 어떤 해석을 하고

어떤 걸 보고 살아야 할까?

좋은 것만 있고, 좋은 일만 생기는 인생은 아니지만

그렇다고 구태여 나서서

기분 나쁜 일만 찾아내고 싶지는 않다.

이왕이면 다홍치마라고

내 일상에서만큼은

이왕이면 좋은 것들을 자주 보고 살련다.

일일시호일

그때.. 그러지 말걸..
왜 그랬을까.. 만약에
내가 다르게 했으면..
지금.. 더 행복하고..
더 좋았을까..
과거에 발목 잡혀서
오늘 하루를 놓치지 않고

미래가 두려워 오늘을
어둠으로 가리지 않으면서

오늘 하루만의
기분 좋은 날을 만들어내는 것
오늘

삶은..
너무 심각해지지 말고
서두르지 않는 마음으로

직접 일일시호일을 만들자

좋아하는 말 중에 하나인 '일일시호일'.
날마다 좋은 날이라는 뜻이다.

매일매일이 좋은 일로만 가득할 순 없다.
어떤 날은 끔찍하게 괴로울 수도 있겠지만
늘 마음속에 오늘 하루만의 좋은 일이 있음을
꼭 기억해 둔다.

그렇게 차근차근 오늘의 즐거움을 발견하다 보면
썩 나쁘지 않다는 걸 깨닫게 된다.
가끔은 툭 웃음이 날 만큼
제법 괜찮은 하루였다는 걸 알게 되는 날도 있을 거다.

일일시호일.
마음을 잘 먹으면
날마다 나만의 좋은 순간들을 발견할 수 있을 거야.
그날들이 빼곡히 모여 내 인생이 되겠지.

나를 위해 굳이 애써서 해야 할 일

후~
왠지 샤워를 하고나면
뽀득
뽀득
맑아진 느낌은 물론

호빵맨이 머리 바꿀 때
이런 느낌일까?
새로워지는 기분이 든다

그래서 뭔가를 시작하거나
다짐하기에 앞서
열심
열심
샤워를 열심히 하는 편

샤워하면서
걱정·고민 씻어내고
산책하면서
걱정·고민 날려버리기

BE NEW

내 일상에서의 감정들은 자주 반복된다.
보통은 밝은 마음으로 지내는 편인데
종종 불안이라는 친구가 찾아오곤 한다.
내가 별로 좋아하지 않는 친구.
한번 오면 일상을 아주 가시밭길처럼 보이게 한다.

불안이라는 감정은
살면서 어쩔 수 없는 것이라는 걸 받아들이게 됐다.
그래서인지 요즘 나의 관심사는
이 친구와 어떻게 함께 살아갈 것인지에 관한 것이다.

가장 중요한 건 잘 알아차리는 일.
내가 어떤 감정을 느끼고 있는지
그리고 그 감정이 왜 일어난 건지
잘 파악만 해 두면 미리 차단할 수도 있게 된다.

보통은 생각이 과하게 많을 때 불안이 생기는 편.
다양한 감정들 속에서 나를 챙기기 위해서는
굳이 애써 무언가를 해야 한다.

산책하러 나가야 하고

좋은 글을 읽어야 하고

반신욕도 해 주어야 한다.

신기하게도 애써 하고 나면

마음이 한결 밝아지는 걸 몸소 느낄 수 있다.

그러면 그 좋은 에너지를 유지하며

다시 찾아오는 하루를 맞이할 수 있다.

내가 어떤 에너지를 가졌는지에 따라

하는 행동도 달라진다.

어찌할 수 없는 일들이 있다.

그래도 그 안에서 스스로가 건강해야 하니까

하루하루 조금 더 에너지를 줄 수 있는 일을 찾아 나선다.

불안함 속에서도 잘 살아가는 법.

그럴 땐 굳이 애써서 나를 더 돌봐 주어야 해.

Why so serious?

왜 그리 심각해?

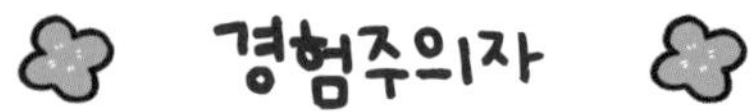
경험주의자

새로운 거
재밌는 거 최-고
나는 경험주의자다

어렸을 적에는 오히려
새로운 무언가를 하는게
두렵기만 했는데
이불 밖은
위험해

NEW
획득
지금은 새로이 도전하며
경험하는게 나의 즐거움

(전)
(후)
경험을 통해
두려움을 넘어서
오..
나 제법..
새로운 나를 발견할 수 있다

언젠가 어두운 날이 찾아와
아무것도 하고 싶지 않을 수도
있겠지만
어둡다 어두워

그런 기분도 한껏 느끼고
경험해본 뒤에

툭툭 털고 일어나서
다시 재밌는 세상으로 가자!
잠수 끝!
툭
툭

또 재미난 것들이
우리를 기다리고 있으니까

삶의 모토가 하나 있다면
그것은 경험주의자로 사는 것.

나 자신에게 실망하는 일을 두려워하는 탓에
무언가를 시도조차 하지 않았던 시절이 있었다.
시도하지 않으면
아무것에도 실망하지 않을 수 있으니까.
하지만 그럴수록 내 일상의 폭은
좁아져만 갔고 단조로워졌다.

내가 경험주의자로 발전할 수 있었던 이유 중 하나는
아르바이트였다.
성인이 되어서 생활비를 모두 스스로 벌어야 했던 나는
20대 내내 20여 가지의 일을 해 왔다.
경험이 하나하나 쌓일수록 신기하게도
무언가를 하는 것에 대한 두려움이 줄어들었고
오히려 즐거움이 되기 시작했다.

그 감각이 내 안에 켜켜이 쌓여 자신감이 되었고
무엇이든 경험하려는 마음가짐을 심어 주었다.

아무것도 하지 않으면
나에게 실망할 일은 없을 수 있겠지만
새로운 나를 발견할 수 있는 기회도
덩달아 잃어버린다.

하루하루를 조금 더 살아 봄직하게 만드는 건
앞으로의 날에 새로운 무언가가 있을 거라는
희망이 아닐까?

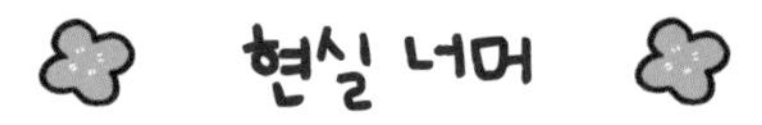
현실 너머

자! 이걸 봐!
현실
~~
~~
세상은 현실을 이용하며

꿈을 꾸는 이들을
바보 취급하곤 하지만
으이구
ㅋㅋ
ㅋㅋ
헛된 꿈ㅋㅋ

내일 이거 그려야지
삶을 더
살아봄직하게 하고

세상을 바꾸는 건
언제나 꿈이 있는 이들의 몫이다

세계야! 놀자~
꿈꾸는 이들은 언제나
현실너머를 보며 살고

언젠가는 그 현실을
넘고야 만다
こんにちは
Hello
Bonjour
안녕!
Xin Chào
Guten Tag
Hola
你好

그날은 버스를 타려다가
왠지 조금도 걷기 싫어서 택시를 탔다.
평소 이야기하는 걸 좋아하는 터라 그날도
택시 기사님과 날씨 얘기부터 이런저런 이야기를 했다.
어쩌다 인생 이야기까지 하게 되었는지 모르지만
'우리네 인생 하루하루, 지금 행복하면 되는 거다.'
라는 결론이 났다.

하지만 뒤이어 택시 기사님은
"그래도 하루하루 아무 계획 없이 사는 건
그냥 방탕한 거야.
무언가 꿈과 이상이 있어야 해.
꿈과 이상이 있는 사람만이 현실을 뛰어넘을 수 있어."
라는 말을 해 주셨다.
왠지 모르게 그 말이 마음에 정확히 꽂혔다.

'맞아. 꿈꾸는 사람들을 바보라고 말해도

그 사람들만이 새로운 세상을 만들고

현실을 뛰어넘을 수 있어.'

아주 찰나의 만남이었지만

택시 기사님과의 대화는 아주 오랫동안 기억에 남았다.

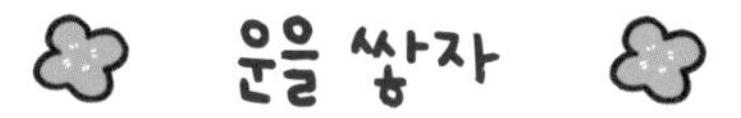

운을 쌓자

운을 쌓자!
'운을 쌓는다'라는 말을
좋아한다

왠지 무언가 하기 싫은
순간에도
아.. 귀찮은데
아냐!
해야지
운을 쌓는다는 마음으로 하면
다시 기운이 차려졌다

좋은 책을 읽는 것도,

오늘의 몫을 열심히 해내는 것도

다 좋은 운을 쌓는 일

정신 없어!
뭐부터 하지?
조급한 마음이 들 때
일단!
오늘 하루를 잘 쌓는 거야
이 마음으로 다시 차곤차곤
내 손에 닿는 일을 할 수 있다

+ 1
+ 1
+ 1
편안한 마음으로
적절한 때를 기다리는 것

점들이 나란히 이어져
선을 이루듯이

오늘의 덕을 볼 날이 온다 :)

어릴 적부터 '운'이라는 말을 좋아했다.

그래서 자주 운세를 보고 아주 사소한 걸로도

오늘의 운수를 가늠해 보곤 했다.

'신호등이 10초 안에 바뀌면

오늘은 좋은 일이 생길 거야.' 처럼.

요즘은 운이란 건

매일매일 쌓아 가는 일이라고 생각한다.

알게 모르게 쌓인 운들이

어느 날은 작은 행운으로

또 어느 날에는

아주 큰 대운으로 찾아온다고.

나에게 운을 쌓는 일은

매일의 작은 창작을 하는 일

기쁨을 느끼는 일

감사하는 일이다.

그런 작은 행동으로

좋은 기운이 쌓이는 기분이 들기 때문이다.

그 덕분에 최근에는 조급한 마음 없이

내 할 일을 차근차근 할 수 있게 된 것도 있다.

예전에는 빠르게 무언가를 얻기 위해

늘 조급해하며 불안했다면

지금은 내가 할 수 있는 것을 해내고

편안한 마음으로 적절한 때를 기다린다.

일어날 일은 일어난다는 마음으로.

분명히 나에게도 때가 찾아온다고

진심으로 믿는 편이다.

점들이 나란히 나란히 이어져서 선을 이루듯

언젠가 내가 쌓은 것들이 분명히

선물이 되어서 온다.

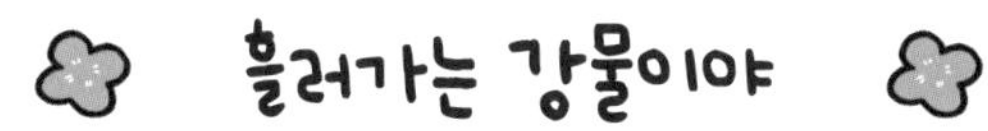
흘러가는 강물이야

크고 작은 걱정이 있을 땐
스스로를 큰 강물로 생각한다

강물은 아주 넓고
끝이 없으며

지금 겪는 일들은
작은 컵 하나의 일이라고,

당장은 그 컵의 물이
두렵겠지만
모두 희석시킬 수 있다고

시간이 흐르면
그 컵의 물도 나의 일부가 되어

더 큰 힘을 갖게 한다

무엇이든 흘려보내고
스스로 정화시킬 수 있어

어릴 적에는 아주 사소한 것에도

크게 두려워하고 잠 못 이룰 때가 많았다.

지금은 겸허히 돌아보며

그게 뭐라고 그렇게 밤낮을 고민했던가 하겠지만

그 당시에 나에게는 그게 전부였고

내 세상의 가장 큰 어려움이었다.

그런 경험들이 내 안에 하나둘 쌓이면서

지금 하는 고민들이

시간이 흘러 돌아보았을 때

어떻게 다가올지 생각해 보게 되었다.

이 고민거리들이 별것은 아니더라도

조금 더 나은 방향으로 생각하고

더 나은 쪽으로 선택하며 지낼 수 있지 않을까?

무엇이든 스스로 해석하고 생각하기 나름일 테니까.

마음이 너무 무겁고 두려운 날에는
편안하게 누워 명상을 하곤 한다.
상념에 빠져 있는 마음을
온전히 이 순간으로 데려오기 위해서.

누군가 명상할 때
물의 촉감을 상상해 본다기에
나는 내가 아주 큰 강물이 되어 보는 상상을 했다.
그렇게 강물이 되어 보니
왠지 무서울 거라곤 없었다.

지금 내가 지니고 있는 걱정거리도
그저 한순간 크기만큼의 물처럼 보였고
그보다 더 넓고 깊은 강물인 스스로가
그걸 받아들이고 충분히 정화할 수 있다는
믿음이 생겼다.

왠지 모르게 용기가 생겼다.

겪고 있는 어려움보다도
그걸 충분히 감내하며 살아갈 수 있는
나를 믿는다.
그 힘이 나에게 분명히 있다.

어떤 곳이더라도 그 모양대로 자연스레 흐르고
힘이 필요할 땐 세차게
그리고 끊임없이 흘러가는 강물처럼
그렇게 살아가자.

Part 2

매일매일
더 나아질 테니까

그럼에도 불구하고

잘 타든, 못 타든
GO!
기꺼이 그 안으로
들어가는 사람들

긍지
도
전
왠지 긍지가
느껴지는 장면이다

파도야 ~
내가 간다!
파도 속으로 겸허히
가는 서퍼처럼

인생..
나의 바다에서
치는 크고 작은 파도에도
하..
꿋꿋하게 나아가야지

각자의 바다에서
멋진 서퍼가 됩시다!

마음이 힘들 때 한 달여 간 양양에서
게스트 하우스 스태프로 생활을 했다.

양양살이를 하며 서핑 이야기를 많이 그렸지만
나는 서핑을 잘하는 편이 아니다.
오히려 물에 빠져서 허우적거리는 시간이
보드 위에서 서 있는 시간보다 월등히 많았다.
열 번의 파도가 오면
한두 번 겨우 일어설까 말까 하는
초보라고나 할까.

서핑을 잘하지 못하지만
너그러운 이야기꾼 바다는
나에게 다양한 이야기를 들려주었다.
그 첫 번째 이야기는
'그럼에도 불구하고.'

서핑 초보자로서

파도를 자유자재로 타는 사람들을 보면 존경심이 든다.

파도가 올라오는 라인업부터 해안가까지

롱 라이딩하며 나아가는 사람들의 모습을 보면

얼마나 부럽던지, 말로 표현할 수 없다.

서핑 보드를 튜브 삼아 둥둥 떠서는

속으로 '우와, 우와.'를 연신 외쳤다.

파도가 좋은 바다에 가면

참 많은 서퍼들이 파도를 타기 위해서

그 안에 들어가는 걸 볼 수 있다.

내가 유난히 좋아하는 장면은 바로

파도를 향해 나아가는 서퍼들의 모습.

나에게 파도는 꼭 역경처럼 느껴졌기에

그들을 보며 왠지 모를 감동을 느끼곤 했다.

아마 많은 사람이 그 파도에 맞아서

오히려 가던 곳보다 더 멀리 밀리고 물도 먹으며

크고 작은 시련을 맞았을 테다.

그럼에도 불구하고 서퍼가 해야 하는 일은

다시금 정신 차리고 기꺼이 들어가는 것.

다시 한번, 다시 한번, 하면서.

파도로 향하는 그 순간은 인생의 축약본 같다.

마음먹고 나아가다가 실패를 맛보기도 하고

오히려 시작점보다 더 멀리 밀려나가기도 하며

시험에 드는 순간.

그렇게 좌절을 맛보게 되면

내가 할 수 있는 일은 아무것도 없는 것처럼 느껴져서

그냥 이 안에 잠겨 있고만 싶어진다.

하지만 파도를 향하는 서퍼들의 긍지처럼
그럼에도 불구하고
우리도 다시 한번 나아가 보면 어떨까?
그 과정이 녹록지 않더라도
다음번에는 요령이 생겨서
더 잘 가게 될 수 있을 테니까.
그리고 요령껏 간 그곳에서
아주 맛있는 파도를 타게 될 수도 있을 테니까.

우리를 한 번 더 잘 살아 보고 싶게 하는 건
이러한 기대감과 희망일 거야.

사는 방법

잘 포장된 길만 걷다가
갑자기 이제부터 알아서
걸으라고 내던져진 느낌...

그래서 무작정
해야만 한다는 것들로
대외활동
성적 잘 받기
영어시험
일상을 가득 채웠다

힘들어
그럴수록 나는 괴로웠는데
이런 게
어른의 삶?
그게 인생이구나 싶었다

그러다가 해야 하는 것들
덩굴 사이사이에
내가 하고 싶은 것들을
하나둘 채워 넣었고

괴로운 줄로만 알았던 것이
즐거울 수도 있다는걸 배웠다
좋-다!

세상에서 아무리
이것저것 강요하더라도
그거 놓고 이거 해!
저거 해!
절대!
좋아하는 것들은
꼭 안고 가야한다는 것도

그게 나를 더 살고 싶게 하고

어느날에는
이정표가 되어주기도 할테니까

꽤 오랜 시간 나는

해야만 하는 일로 삶을 가득 채우며 살았다.

원하는 일도 그렇다고 즐거운 일도 아니었는데

온 세상이 그 일을 해야만 한다고 소리치는 것 같았다.

그래서 그 말을 따르며 살았는데

그럴수록 해야만 하는 일의 양은 많아졌고

정작 좋아하는 일들은 찬밥 신세가 되었다.

'삶은 원래 이렇게 괴로운 거구나.' 하고 인정하며 지냈지만

마음속에서 작고 분명한 목소리가 계속해서 들렸다.

내겐 좋아하는 일이 있어. 하고 싶은 일이 있어.

내가 좋아하는 일은 그림이었다.

해야만 하는 일을 하면서도

좋아하는 일을 놓으려 하지 않았고

어느덧 지금은 두 가지가 제법 균형을 이룬 삶을 살고 있다.

살면서 어쩔 수 없이 해야만 하는 일도 있지만

그만큼 좋아하는 일도 자주 해 주어야 한다.

해야만 하는 일들이 우리의 의식주를 책임져 준다면

좋아하는 일들은 우리에게 활력을 주고

우리를 더 살고 싶게 만들어 줄 테니까.

갇힌 방, 갇힌 생각

비슷한 생각, 답없는 생각
마음을 소모시키는 생각이
계속 펼쳐지는 방

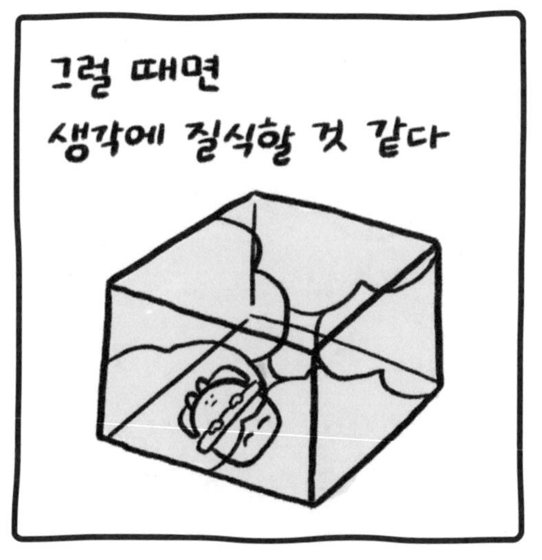
그럴 때면
생각에 질식할 것 같다

그런 상황에 스스로에게
꼭 해주는 말이 있다
더 나은
상태가 있고
더 나은 생각이 있어

이쪽을 보면 돼
그리고 내가 선택할 수
있는 것들이라고

그렇게 마음을 다잡고
방에서 나온다

거봐-별거 아냐
생각에 속지 않기 위해서

경계하는 일 중에 하나는
몇 가지의 생각에 갇혀 있는 일이다.
같은 생각이 반복되면 생각은 고여 버리고
아무런 발전 없이 우울감만 느끼게 된다.
특히 마음에 여유가 부족할 때
주로 부정적인 생각에 오래 머물게 되고
스스로를 의심하게 된다.
그럴 때일수록 내가 지금 이런 상태라는 걸
바로 알아차리고 빠져나오는 일이 필요하다.

최근에는 갑작스레 일이 몰렸다.
프리랜서와 아르바이트를 함께하고 있던 터라
이런 상황에 적지 않게 당황을 했다.
들어오는 일을 모두 받았고
최대한 열심히 하려고 했지만
금방 느낄 수 있었다.
이대로면 곧 지치고 말 거라는 걸.

평소에는 들지도 않던 생각들까지
머릿속에 자꾸 떠올랐다.
계속해서 누군가와 나를 비교하고
자꾸만 나의 부족한 면을 바라보고
쉽사리 짜증이 나고…
지금 당장 내가 여유가 없다는 걸 보여주는 지표였다.

방 안에서 그런 생각을 하며 누워 있었다.
이렇게 있다가는 금방이라도
우울의 구렁텅이에 빠질 것만 같아서
몸을 세워 화장실로 향했다.
늘 그렇듯 샤워를 하면 한결 나아질 테니까.

힘들 때 스스로에게 해 줄 수 있는
최고의 처방을 알고 있다는 건 여러모로 좋다.
생각의 늪에 빠져 있을 때
나 자신에게 꼭 해 주는 말이 있다.

이보다 더 넓은 생각이 있고
더 나은 상황이 있다는 것.
그리고 나는 이 상황을 훨씬 더 넓게
멀리서 바라볼 수 있는 사람이라고.
그렇게 나를 믿어 준다.

힘들 때 그 상황에서 벗어나는 일은 쉽지 않다.
그때는 내가 떠올리는 생각들이 모두 사실이고
앞으로 일어날 일이 전부 최악일 것만 같으니까
차라리 이대로 숨어 버리는 일이 쉬울 것처럼 느껴진다.

여전히 겁이 나지만 그렇다고 숨고 싶지는 않다.
그럼에도 불구하고 계속해서 다시금 나아갈 거다.
그렇게 나아가다 보면
내 마음에는 계속해서 확신이 쌓일 테니 말이다.

앞으로 더 나은 것들이 펼쳐질 거라는 확신.

나는 수영에서
배영을 좋아하고 잘한다

큰 힘없이도 둥둥 흘러가는

그 고요함이 좋았고

어딘가에 닿으면
다시 방향을 바꾸어 가는
그 단순함이 좋았다

내가..?!
힘만
뺐을 뿐인데
초6때 얼떨결에 딴
동메달로... 부심이 있기도...

개수영
다른건 다 까먹었는데
자신이쑥↗
자신이쑥↗
배영의 감각만이
남아 있다

최근에는
생각도 많고
경직된 느낌이었지
오늘은 이 감각을 살려서
하루를 보내보기로~

일상에서 배영하는 방법

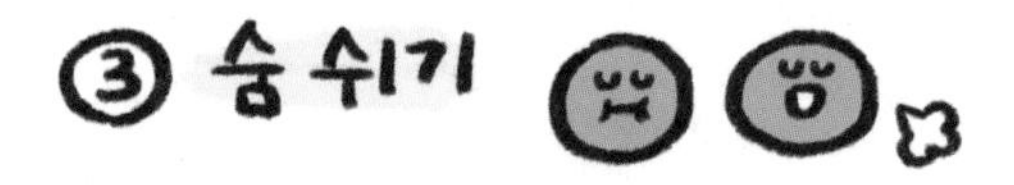

숨만 쉬었을 뿐인데

초등학교 6학년 때 우연한 기회로 수영을 배웠다.
처음에는 둥그런 판을 잡고 둥둥 떠다니며
발차기를 연습했는데
조금 나아졌을 땐 물 밖으로 나와서
자유형의 팔 움직임을 허공에서 연습했다.
무언가를 배울 땐
실전에 앞서 더 많은 것을 연습해야 한다.

내가 가장 좋아했던 영법은 단연코 배영이었다.
움직임이 많고 숨쉬기 바쁜 다른 영법들보다
배영은 비교적 수월했다.

배영을 좋아한 또 한 가지 이유로는
둥둥 떠 있을 때 느껴지는 특유의 편안함 때문이었다.
물 안에 귀를 담그고 천장을 바라볼 때면
그곳에 나 혼자밖에 없는 것 같았다.
사람들의 목소리도 웅웅 울릴 뿐
뚜렷하지 않으니 차분해지기 좋았다.

그렇게 혼자 둥둥 떠가다 보면
어느새 레인의 끝에 닿아 다시금 돌아오곤 했다.

좋아하는 일은 잘한다고 했던가.
얼떨결에 관내 수영대회 배영 부문에서 동메달을 땄다.
다른 영법은 전부 까먹었어도
(지금은 개 수영만 할 줄 안다.)
배영만은 어느 곳에서도 잘한다.
특히 목욕탕 찬물에서.

배영은 편하게 힘을 빼고 물 위에 누우면 된다.
가장 중요한 건 힘을 빼는 일인데
자칫 힘을 주었다간 그대로 가라앉아
콧속으로 물을 가득 먹게 된다.

요즘은 이상하리만치 일상에 힘이 잔뜩 들어가 있었다.
경직된 느낌이었고
괜한 부담감을 느꼈고

머리가 무거워서 나아가기가 힘든 정도.

그런 나의 일상에 배영이 필요했다.

힘을 빼야만 나아갈 수 있는 배영.

어릴 적 그때의 감각을 되살려

일상에서 그 기법을 해 보기로 했다.

비록 하루일지라도 그 하루의 힘은

생각보다 클 테니 말이다.

할 일을 생각하지 않고

아무런 부담 없이 일어나 하루를 시작하기

최소한의 힘을 주며 일상이 나아가게 하기.

제때 숨쉬기.

이렇게 다 했다면

당신은 일상 속 배영의 금메달리스트!

쉼이 필요하다고 생각하지만

생각을 하는 것과

그것을 실천하는 일은 천지 차이다.

가끔은 힘을 빼며

그저 하루가 흘러가는 대로 바라보는 것만으로도

괜찮을 때가 있다. 분명.

비우면 채워진다

욕심이 마음에 들어설 때마다
되새기는 문장 중 하나

욕심이 많았던 나에게
이 문장은 그저 허풍같았다

쳇!
말도 안돼

내 마음의 공간에
무엇을 담을지
음~
?
?
스스로 선택하게 되었다

욕심으로 괴로울 땐
눈 딱 감고 놓아보자,
가랏..
분명 욕심이 나간 공간엔
더 좋은 마음들이 찾아올 것

나는 욕심이 많은 사람이었다.

하고 싶은 것도, 질투도 많아서

남들보다 더 빨리 많이 가지고 싶어 했다.

그래서 더 조바심을 냈고 대부분의 시간이 늘 불안했다.

불교의 문장이었을까.

욕심을 포기할 때

더 나은 것들이 들어올 공간이 생긴다는 말을 봤다.

그게 정말일까?

욕심을 포기하면 나는 지는 사람이 되고

도태되는 사람이 되는 게 아닐까?

의심이 먼저 들었다.

마음을 비우기엔 모자란 사람이었나보다.

그래도 그 문장은 늘 내 마음에 남아서

안내자 역할을 해 주었다.

덕분에 자꾸만 헛된 욕심이 생길 때면

놓아 주는 연습을 했다.
미움 대신 애정을 선택했고
질투 대신 인정을 선택했다.
나에게 미움과 질투는 너무 쉽고 익숙한 감정이었지만
애정과 인정은 노력해야만 할 수 있는 감정이었다.

그런데 차근차근 욕심을 나은 방향으로 가게 만드니
어느새 애정과 인정을 더 쉽게 느끼고
표현하는 사람이 되어 있었다.
욕심이 아닌 사랑에게 더 많은 비중을 둔 결과였다.

그리고 이제서야 얼핏
지난날에 읽은 그 문장의 의미를 알 것 같다.
욕심을 포기할 때 내 삶은
나를 더 풍요롭게 하는 감정들로 채워진다.
나뿐 아니라 상대도 함께 풍요로워지는 감정.
어쩌면 살아가면서 추구해야 할 것들은
사실 모두 정말 단순한 걸지도 모르겠다.

나쁜 것을 비워 내면

그 빈자리는 반드시 좋은 것들로 채워진다.

 keep calm and carry on 

으아아
앞으로의 날들은
그저 엉망일 것 같은 순간

그 순간에는
좌절의 늪에 빠져서
희망이라곤 보이지 않는다

정신차려..!
그럴 때 꼭 갖고 있는 믿음
이 망상 금방 사라져
자고 일어나면 분명 나아져

분명히 생각보다 괜찮다!
마음 놓아도 돼
괜찮아
일단 자자

무서운 밤이 왔을 땐

- 잠은 잘 잤고 밥은 잘 챙겼는지 체크하기!

- 나의 대부분의 생각이 망상임을 알아차리기!

- 차라리 일어나서 뭘 먹거나 일기 써보기!

- 내일은 분명 나아진다는 걸 알기!

최악의 상황이 아닌데도 불구하고
불평불만이 많아지는 순간이 있다.
내게 주어진 것들은 당연하고
다른 사람들이 가지고 있는 것들은
왠지 모르게 더 좋아 보이는 순간.

그런 순간에는 왠지 자기 연민과 좌절감에 빠져서
아무것도 하고 싶지 않다.
이걸 한다고 뭐가 달라지나?
괜히 주눅만 가득 든다.

하지만 그럴 때일수록 정신을 바짝 차려야 한다.
내 상황에서 최악이 아닌 최선에 집중하며
당장 내가 할 수 있는 작은 일부터 차분히 실천하자.
종종 내 삶의 기준이 외부의 잣대로 평가되어서
좌절할 때도 있지만 그럴 필요 없다.

Keep calm and carry on!

평정심을 유지하고 하던 일을 계속하자!

나만의 행복 방정식

TA-DA!
행복 호르몬에는
4가지가 있다

행복호르몬
세로토닌
옥시토신
엔돌핀
도파민

각자 담당하는
행복감을 알아볼까요?

세로토닌, 이럴 때 나와요
개인적 행복·안정·평온
명상
만족
좋은 음식
햇빛
감사
많이 씹기
세로토닌

옥시토신, 이럴 때 나와요
함께하는 행복
가족과의 시간
친절
반려동물
스킨십
친구와 수다
감정표현
옥시토신

엔돌핀, 이럴 때 나와요
즐거움
ㅎㅎ
ㅎㅎ
웃음
웃기
엔돌핀

도파민, 이럴 때 나와요
성취감·만족감
목표 설정
나 칭찬하기
매일 작은 목표
도파민
성취 후 보상

자주 호르몬의 노예가 된다면
잘 부탁해!
지피지기 백전백승!

모-두
골고루 행복하세요

저마다 행복을 느끼는 방식은 다르다.

어떤 사람은 호화로운 생활을 하고 있을 때

자신이 행복하다고 느끼고

어떤 사람은 사랑하는 이들과 있을 때

자신이 행복하다고 느낀다.

나에게 있어서 행복은 보통의 일상에서 온다.

카페에 평화롭게 앉아서 충전하는 여유.

가족들과 웃고 떠들며 이야기하는 시간.

하고 싶었던 일을 마침내 하게 된 날.

각자가 가지고 있는 행복의 모양은 다 다를 테지만

유난히 우리에게 특정한 행복감을

느끼게 해 주는 호르몬들이 있다고 한다.

그 호르몬들의 역할을 알고

스스로에게 적합한 행복감을 취한다면

마침내 나만의 행복 방정식 완성!

사실 행복 별거 아닐지도 몰라요.

골고루 행복하기

햇빛 쬐기

많이 씻기

명 상

유대감

친구·가족

감정표현

웃기

작은 성취

셀프 칭찬

시간의 몫도 남겨둘 것

자주 잘하고 싶은
욕심이 과해서

오히려 아무 것도
못 할때가 많다

여러 생각이 끊임없이
피어올라
속닥
속닥
망상
몸을 굼뜨게 한다

초보라서
주눅들어..
주짓수를
시작했다
더 잘하려고
전전긍긍하기 보단
배우면 되지!
더 자주 부딪쳐야지

매일매일
더 나아질테니까 ☺

무언가 새로이 시작하는 걸 좋아하는 만큼
시작한 일에서 빠르게 눈에 보이는 결과를
보고 싶어 하는 욕심이 있다.
그게 실력이든, 눈에 보이는 지표든.
그래서인지 자주 서둘러 결과물을 만들려고
애쓰는 걸지도 모른다.
이렇게 욕심이 생길 때면
머릿속으로 스며드는 장면을 떠올려 본다.

많은 것들이 그랬다.
서둘러서 하려고 하면 오히려 역효과가 나곤 했다.
난 그 일들이 모두 시간의 몫까지 내가 하려고 했던
욕심이 불러온 실수들이라고 생각한다.
모든 것들에는 스며들어 점점 물들여지는
시간이 필요한 것인데
난 자꾸만 서둘러 가려고 했구나.
그 경험들이 나에게 준 메시지들이다.

사람 사이도, 좋아하는 취미도,

모두 스며드는 시간이 필요하다.

서두르지 않고 차근차근하다 보면

어느새 익숙해지는 순간이 온다.

애쓰지 않아도.

♡ 완벽주의 벗어나기 ♡

마음 비우기

완벽한 준비는 없다!

작은 목표

일단 행동

과정 집중

하면서 자란다!

오지라퍼

왠지 그 사람들의 말을 들으면
다 맞는 것만 같아서

내가 뭐라고.. 그치..

수십게 좌절하게 된다

찌-잉
해냈다!
언젠가 마음 먹은 것들을
기어이 해냈을 때
머쓱
머쓱
그들의 반응을 상상해보자

그 무엇보다도
짜릿할 것 ◡̈ !
누가 뭐래도
난 내 길 간다
누군가의 가벼운 말에
겁 먹지 말고 계속 걸어

제대로 마음 먹으면
반드시 해낼 수 있으니까

무언가 목표를 가지고 그곳을 향해 가는 이들에게
꼭 등장하는 방해꾼이 있다.
오지라퍼.
그들은 하는 일에 모두 부정적인 말만 뱉어 내고
꼬투리를 잡아서 그 길을 걷는 이들의 기를 죽인다.
그러다 보면 자신감 있게 가던 이들도
다리에 힘이 풀려 좌절하게 된다.

하지만 감히 단언해서 말하자면 그들은 아무것도 모른다.
과거의 나, 누군가의 말에 흔들리는 사람들에게
말해 주고 싶다.

답은 누군가의 말이 아니라
내 마음에 있다는 걸.

표면적인 것에 대한 충고는 줄 수 있어도
그들은 절대 본질적인 것을 알려 주지 못한다.
단단히 마음먹고, 그대로 가도 돼.

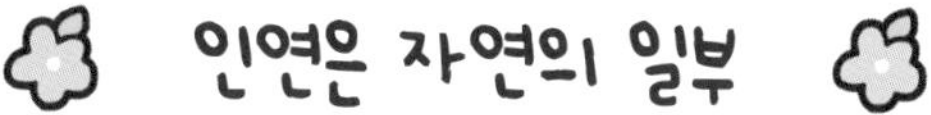
인연은 자연의 일부

친한 친구..
애인..
관계 백서
관계에 집착하던
날들이 있었다

스스로 어떤 틀을 만들고
우리 관계는 어떤 것일까
판단했다
42

못 가!!
하지만 관계라는 건
억지로 잡는 것도 아니고
가~!
놓는 것도 아니었다

마침 시기가 맞아
맺어진 인연은
친했는데..
잘 지내나?
그 시기가 지나감에 따라
자연스레 멀어지고

다시금 지금 시기에 맞는
새인연이 그 빈자리를
채워준다
ㅋㅋ
ㅋ
ㅋ

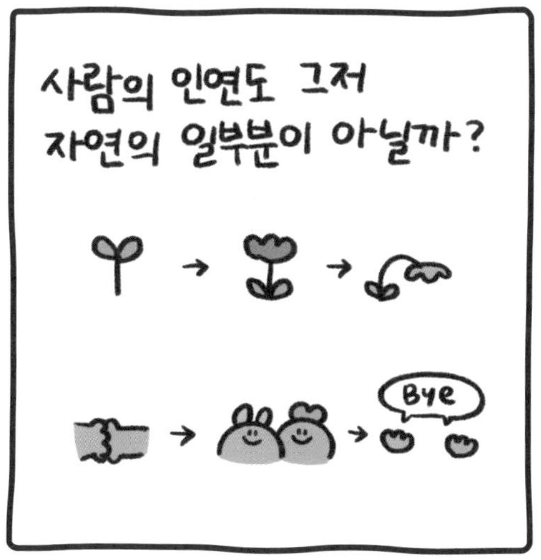
사람의 인연도 그저
자연의 일부분이 아닐까?
Bye

때가 되면 가야할 곳으로
떠나는 철새처럼

우리의 인연도
꼭 철새와 닮았다

친한 사람이라면 연락을 끊임없이 하고
주기적으로 만나야만 한다고 믿었다.
그래서 연락에 더욱 집착하고
나와 친한 이가 다른 이들을 만날 때
왠지 모를 질투심이 마음에 일었다.

그런 나에게 충격적인 사건 중 하나는
친했던 고등학교 친구와 멀어진 사건이었다.
고등학교 내내 친했고
성인이 되어서도 줄곧 사이가 좋았기 때문에
갑자기 멀어진 사이를 받아들이기가 너무 어려웠다.
그때까지 누군가와 갑작스레 멀어졌던 경험이
없었던 터라 더욱 그랬다.

하지만 시간이 흐르면서 보이지 않았던 것들이 보였고
이해되지 않았던 것들도 하나하나 이해가 되었다.
모든 것에는 때가 있는 법이었다.

철새도 때가 되면

그들이 가야 할 곳으로 떠나는 것처럼

우리도 살면서 오래 머물렀던 사람이나 장소에서

떠나야 할 때가 온다.

아무리 아쉬워도 세상에는 어쩔 수 없이

그래야만 하는 것들이 있다.

봄의 새싹

봄이 오면
겨우내 잎눈 속에서
손꼽아 봄을 기다리다

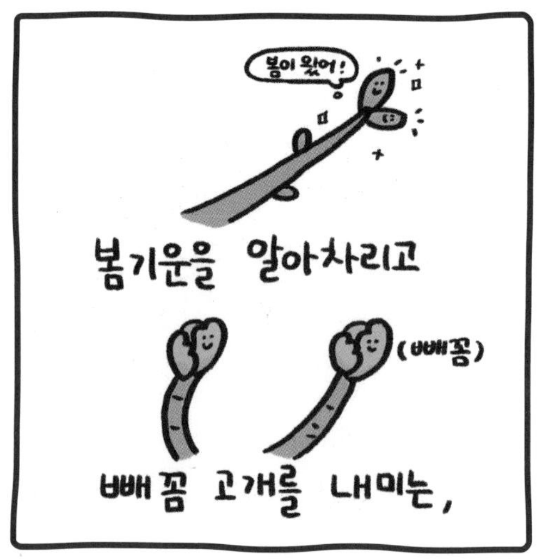
봄이 왔어!
봄기운을 알아차리고
(빼꼼)
빼꼼 고개를 내미는,

계절내내 힘껏
피어낼 그들의 시간들은
상상만으로도 기분이 좋다

새로이 피어나는
이 계절.
자란다
나도 그에 맞춰
덩달아 힘을 내본다

으쌰!

봄을 바라보는 일을 좋아한다.

이곳저곳 시선을 돌리면

어디서든 새싹들이 힘을 내며

생명력을 뿜어내고 있다.

새로이 나오는 싹이라

몹시도 연하고 약하지만

하루하루 자라나는 모양새가

사랑스럽고 기특하기만 하다.

그러다 혼자 곰곰이 그들의 앞날을 떠올려 봤다.

어떤 싹은 푸르른 잎이 될 것이고

또 어떤 싹은 곧이어 아름다운 꽃을 피워 내겠지.

그렇게 상상하니 무슨 이유인지

내 안에서도 알 수 없는 설렘이 깃들어서

함께 힘을 내고 싶어졌다.

봄날의 새싹처럼 서두르지 않되

하루하루 성장해야지.

내가 되고 싶고, 되어야 할 모습으로 살아가야지.

무엇이든 시작하기 좋은 봄이다.

약간의 계획과 일어나는 대로 받아들일 용기

안해?
오히려 스트레스만
가중시키는 역할만 했다

지금 선호하는 형태는
급한 일 2개
대략적인 계획과
든든이!
그 안에서 일어나는 일을
융통성있게 반응하기

계획을 짜라
미라클 모닝
목표를 세워
피
곤
무엇이든 완벽한 정답은 없다

나에게 맞는 것들을
취하고 살면 되지
9시 기상
가벼운 계획
융통성
점심 업무

하루하루 큰 계획 없이

충동적으로 사는 내게

우연히 일어나는 사건들은

일상 속 즐거움 중 하나다.

한때는 내가 계획한 대로

모든 일이 술술 풀리기를 기대했는데

그럴수록 실망감과 불안만 늘었다.

여태 살아 보니

삶은 그런 식으로 흘러가지 않았다.

약간의 계획과

예측할 수 없는 일들의 합작으로 진행되는 것.

되도록 집착은 내려 두고 열린 마음으로 지내려 한다.

우연이 가져다줄 새로운 이야기가 무엇일지 기대하며.

최선이라는 믿음

인생은 선택의 연속이라는데
가끔은 그 무게가
무겁기만 하다

'내가 원하는 것'을
선택하려고 하지만
그게 뭐지..
사실 그렇게 단순한 문제가
아닐 때가 많다

그럴 때마다 되새기는
마음가짐들

가자!
이 선택에
집중하자!
가자!
늘 나의 선택을 믿고
응원할 것!

내가 가는 이 길이..
어디로 가는지..
어디로
날
데려가는지
가끔은 그저 흘러가기도
하면서

그곳에서의 우연과
인연을 기대할 것 ᵕ̈

'모든 것은 믿음과 함께.'라는 생각을 한다.
내가 꽤 괜찮은 사람이 맞다는 믿음.
상대에 대한 믿음.
오늘 하루는 엉망이더라도
내일은, 모레는 조금 더 나을 거라는 믿음.
어떤 것을 믿느냐에 따라 삶의 모양은 달라진다.

우유부단한 성격과 스스로를 쉽사리 믿지 못하는 탓에
자주 나의 행동을 되돌아보며 후회하는 일이 많았다.
'아, 그때 그러지 말걸.'
'그때 이 선택을 했다면 조금 달라졌을까?'
하면서 내 선택을 원망했다.
그렇다고 시간을 되돌려 그때로 갈 수 있는 것도 아닌데.

요즘은 조금 더 넓게 하루하루를 보려고 한다.
그런 적이 있었다.
분명히 엉망이라고 생각했던 일이
시간이 흐르고 보니 근사한 일이 되어 있었던 날.

참 잘한 선택이었다고 뒤늦게 말해 줄 수 있었던 날.

그런 날들이 하루하루 쌓이니

모든 것은 당장 알 수 있는 게 아닐뿐더러

조금은 여유 있게 생각하면

훨씬 더 나은 하루가 된다는 걸 배울 수 있었다.

당장은 모른다. 또 앞으로도 모를 거다.

어떤 선택이 맞는 건지.

확실한 건 선택할 때 내 마음을 따르고

선택한 일에 온 마음을 다하는 일이 최선이라는 것뿐.

그리고 하나둘 펼쳐질 우연과 인연을 기대하며

하루하루를 보내면 되는 일이라는 것.

무엇을 믿느냐에 따라 삶의 모양은 달라진다.

늦기 전에 나에게 좋은 믿음들을

마음속에 담아 두고 싶다.

중심을 잡을 때야

~아아악!
무서워~
파도를 타려고 할 때마다
파도에 휩쓸렸다

흑..
그런 순간들이 계속 쌓이니
또 빠지겠지
바닥을 보며 주춤하게 되었다

그걸 보던 분이 해주셨던 말

파도가 세게 민다고
그대로 빠지지 말고
보드 꽉 잡고 중심을 잡아.
그럼 그 파도를 네가 잡고
원하는 방향으로 갈 수 있어.
시선은 앞에 보고!

그 파도가 내가 탔던
파도 중에 가장 짜릿했던 파도

서울에 돌아와서도
남아있는 그 순간의 감각

여전히 파도처럼
많은 일들이 몰려오지만
중심 꽉 잡고
할 수 있는 일을 해야지

지금은 중심을 잡을 때야!

파도가 잔잔한 날보다 조금 센 날이 서핑하기 더 좋다.
일단 밀어 주는 힘이 있어야
그 파도를 잡든지 말든지 할 수라도 있으니.

이날은 파도가 꽤 좋은 날이었다.
어느 정도 꾸준하게 파도가 올라오고 밀어 주는 힘이 세서
파도 잡는 연습하기에 딱이었다.

그런데 마음과는 다르게
파도가 밀어 줄 때의 힘이 너무 강해서
바로 물속으로 고꾸라졌다.
파도 온다! 자세 잡는다! 으아아 빠진다! 의 연속.
이건 뭐 빠지는 연습을 하러 온 건가 싶을 정도로
파도한테 당하기만 해서 겁을 잔뜩 먹은 상태였다.

서핑할 때 중요한 건 시선이다.
정확히 내가 가고 싶은 방향에 시선을 두어야
그쪽으로 나아갈 수 있다.

이론은 빠삭하지만

실제로 할 때의 내 시선은 이미 바닥을 향한다.

타기도 전에 준비를 하는 거다.

이 안에 빠져서 물 덜 먹을 준비.

이렇게 파도한테 당하기만 하는 모습을 본

아는 사장님이 답답했는지 한마디 하러 오셨다.

"파도가 너를 민다고 그대로 빠지지 말고

양팔에 힘을 꽉 주고 중심을 잡아.

네가 중심을 잘 잡고 있으면

그 파도를 네가 잡고

원하는 방향으로 갈 수 있어.

시선은 앞에 보고!"

그 한마디에 왠지 강한 의지가 생겨서

한번 더 도전하기로 했다.

'그래! 파도야 네가 이기나 내가 이기나 해 보자!' 하면서.

그런데 그렇게 거칠게만 느껴지던 파도가

사장님이 시키는 대로 했더니

나를 태워 주는 게 아닌가?

얼마나 짜릿하던지

아직도 그 순간이 뚜렷하게 기억이 난다.

파도와 함께 부드럽게 나아가던 장면.

그때의 그 감각이 여전히 남아있다.

거친 파도를 내가 잡고 나아가던 그 순간.

잡을 수 없을 것만 같은 파도가 잡혔을 때의 순간.

다시 일상으로 돌아왔을 때

이 감각을 잊지 않고 삶에 적용하기로 했다.

삶에서도 바다와 비슷하게

거친 파도가 몰려올 때가 있다.

그 파도를 하염없이 맞으며 물 먹을 때가 많았지만

이제는 그 파도 위에서

어떻게 중심을 잡을지 생각한다.

'지금 내가 가야 할 곳은 어디지?'

'그래서 지금 내가 할 수 있는 일은?'

여러 질문들과 함께 준비를 하고

행동을 통해서 중심을 잡는다.

겁이 많던 내가 미처 알지 못했던 것.

그날 바다가 나에게 해 주었던 이야기.

빠지기만 했다면 이제 한 번쯤

중심을 잡아도 괜찮지 않겠어?

네가 원하는 방향으로 갈 수 있어.

네가 중심을 잘 잡고 있으면.

Part 3

그 빛을 따라 걸어

 Anti-Fragile 

보통 Fragile이라고 하면
'깨지기 쉬운'이라는 뜻인데

ANTI-
FRAGILE

이 앞에 Anti가 붙으면서

충격을 가할수록
강해진다는 의미를 지닌다

ANTI-
FRAGILE..!
와.. 이거 뜻이
넘 멋있잖아!
최근에 꽂힌 말
바로 Antifragile!

생각해보면
힘든 시기를 거치고 나면
으흐흑..
흐흑..

후.. 다시
힘내보자!
그 이후에는 항상
여러모로 성장해있었다

모두에게
배우겠습니다!
심각하게
생각하지말자!
그럼에도
용기내야지!
이번엔
다르게 하자!
외상후 성장인 것!

살아가면서 느끼게 되는
크고 작은 상처는
늘 아프지만
힝..
아파..

분명한 건 그것 덕분에
내면은 더욱 단단해진다

쫄지말고
다시 잘 살아보자!
아자!
아자!

ANTI
FRAGILE

부정하고 싶은 사실 중에 하나

힘든 시기가 있어야 더욱더 단단해진다는 사실.

그 시기를 지나고 있을 때 이 말을 들으면

분노가 치밀어 오르지만

한참이 지난 후에 다시 곰곰이 생각해 보면

그 시간들 덕분에 지금의 내가 있다는 걸

인정하게 된다.

그때 그 실수를 해서

더 이상 그런 실수를 하지 않게 되고

그때 그만큼 후회를 해서

이제 최대한 후회하지 않을 선택을 하게 되었다.

그때 그런 사람을 만났기에

이제 그런 사람을 곁에 두려 하지 않고

그때 그렇게 지쳐 봤기 때문에

그만큼 무리하려고 하지 않는다.

어느 정도의 고통과 괴로움은

나를 성장시키고 더욱 단단하게 만들어 준다.

생각의 그릇

생각에 갇혀있을 때면

내 생각의 크기를
가늠해보고

지금 이 생각보다도
더 큰 생각이 있다는 걸
떠올리곤 한다
더 크고 넓게
생각할 수 있어

단순하지만
생각전환에는 최적
음.. 너무 심각했나

내 생각의 그릇을 더 넓혀주는 방법

♥ 내가 갇혀있는 생각 알아차리기

♥ 더 크고 넓은 생각이 있다는 걸 알기

♥ 지혜로운 사람은 어떻게 생각할지 상상해보기

때때로 어떤 생각 하나에 꽂혀서

하루종일 괴로워할 때가 있다.

왠지 미운 사람이 계속 떠올라서 속이 답답하다거나

아쉬운 지난 일이 계속 떠올라 속상하기만 할 때.

그런 때는 한없이 그 생각만으로

하루를 다 보낼 수 있을 것만 같다.

하지만 누군가를 미워하고

지나간 일에 속상해하며 하루를 다 보내기엔

시간이 아쉽기만 하다.

그런 날에는 스스로에게 되뇌어 주는 말이 있다.

네가 지금 하는 생각보다 더 나은 생각이 있고

더 좋은 마음이 있어.

그리고 잘 생각해 봐.

넌 그걸 찾아내고 생각해 낼 수 있는 사람이야.

이렇게 되뇌고 나면

왠지 모르게 내가 하고 있던 생각이

너무나 작은 생각이라는 걸 깨닫게 되고

금방 더 넓고 크게 생각할 수 있게 된다.

난 이 과정이 꼭

내 마음의 그릇을 키우는 과정 같다.

그리고 어느 날 스스로 되뇌어 주지 않아도

넓고 크게 생각하게 될 때

나는 또 그만큼 마음의 그릇이 큰 사람이

되어 있을 거라고 믿는다.

완벽한 정답은 없을 거야

세상에는 여러가지의
답이 있다

모두가 정답이 있다고
말하니 더욱 혼란스럽던 날
네? 정답이 뭐라고요?

취업
연애
연봉
스펙
그 정답 밖에 사는 것 같아서
스스로 자책하기도 했지만

결국 각자의 삶에는
각자만의 답이 있다는 걸 알았다
내 인생은..
내 맘대로!!

넌 못해
그쵸..
안 된댔는데
하니까 되잖아?
안 된다고 했던 일에서
자신감을 얻기도 하고

워홀..
언제 갔다가
언제 취업하게
ㅎㅎ
안 갔으면
어쩔뻔~
시간낭비라고 했던 것에서
큰 배움을 얻는 걸 보면

나를 믿으며
나만의 답안을 만들어야 한다
음..

이렇게 사니까
좋-아!
주눅들지 말고
내 방식대로 살자 ☺

대학생 시절에는 유독

침대에 누워 있던 시간이 많았다.

사람들에게 상처받는 일이 많았고

삶에 대한 의욕이 크게 없던 탓이었다.

그런 나에게 사람들은 여행을 다니라고 말했고

나가서 놀아야 한다고 말했고

그렇게 지내면 안 된다고 말했다.

'청춘'이라면 살아내야 하는

어떤 삶의 방식이 있는 모양이었다.

하지만 내게 혼자 있던 시간은

나의 내면을 다져 주는 시간이었다.

그 시간 동안 혼란스럽던 20대의 생활에 대해

스스로 답을 내릴 수 있었고

누군가의 의견이 아닌

온전히 나에게 집중할 수 있었던 시간이었다.

정보가 넘치는 요즘은

꼭 무언가를 해야만 할 것 같은 기분이 든다.

하지만 삶의 방식은 개개인마다 다르고

어느 한 가지의 정답으로 정해질 수가 없다.

그러니 지금 내가 사는 형태의 삶을

의심하지 않아도 된다.

내가 옳다고 생각하는 것들과

내가 원하는 방식으로 살아가면 되는 거야.

나이는 아무것도 증명해 주지 않아

하하!
너같은 애들 많이 봤어
아무리 무례해도
넌 눈앞이 낭떠러지야
아무리 막말을 해도

제가 부족합니다
죄송합니다
크게 그들을 의심하지 않았다

하지만 어떤 믿음은
반드시 깨어져야 한다

나이는 살아만 있어도
주어지는 쉬운 것

좋은 어른이 되기 위해선
반드시 노력이 필요하다

나보다 나이가 많은 이라면
훨씬 더 현명하고 지혜롭다고 생각했다.
그래서 어른이 내게 무슨 말을 하면
곧이곧대로 믿으며 흔들렸다.
그들이 안 된다고 하면 안 될 것만 같았고
그들이 하지 말라고 하면 하지 않았다.
나이와 지혜가 비례한다고 믿었으니까.

하지만 오래 살았다고, 삶의 길이가 길었다고
그만큼 지혜로워지고 깊어지는 건 아니었다.
어떤 어른은 지혜 대신 욕심과 자만만이 자라나서
편협한 시각으로 세상을 살아가고 있었다.

나이가 아무것도 증명해 주지 않는다는 걸 알게 된 이후로
내 안의 심지는 조금 더 두터워졌다.
하루하루 더 깊어져야겠다는 다짐과 함께.

어리다고 아무것도 모르는 게 아니고

나이가 많다고 많은 걸 아는 것도 아니다.

정말로 나이는

그저 살아만 있으면 주어지는 쉬운 숫자다.

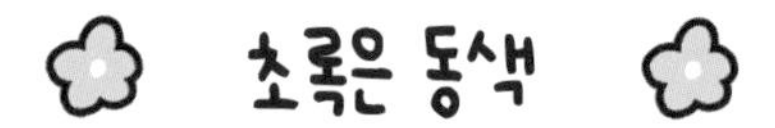
초록은 동색

으..
기분이 안좋아
왠지 만나고 오는 길이
찝찝한 사람이 있다

마음이 복잡해지고
?!
ㅋㅋㅋ
스스로가 싫어지기도 한다

어렸을 적에는
좋은게 좋은 거지 하며
넘기곤 했는데
넘기자..

조금 더 나이가 든 지금은
그런 이들과 거리를 둔다

만나서 기분만 안 좋다면
만날 이유가 없는 걸..
허허
차라리
혼자 있는 것이..

내가 나인게 좋아지고
멋대로 평가하지 않는
사람들 곁에서
행복하기도 바쁘다구

'초록은 동색이다.'라는 말을 좋아한다.
모양이나 형편이 비슷한 사람들끼리 어울린다는 뜻으로
비슷한 말로 '끼리끼리', '가재는 게 편'이 있다.

어울리는 이를 보면 그 사람을 알 수 있다는 말이 있다.
만나서 누군가를 험담하는 이들과 함께하면
나도 어느새 그 일에 익숙해지고 그런 사람이 되어 간다.
만나서 서로의 꿈을 응원하며
나아가고 싶은 방향을 말하는 이들과 함께하면
나도 어느새 그런 사람이 되어 간다.

만나면 닮아간다.
그러니, 스스로가 더 좋은 사람이 되고 싶게 만드는 사람들
내가 충분히 괜찮다고 느껴지는 이들과 함께해야 한다.

어떤 모임은 나를 의심하게 만들고
어떤 모임은 나를 더 사랑하게 만들어 준다.
나는 언제나 후자 곁에 있고 싶다.

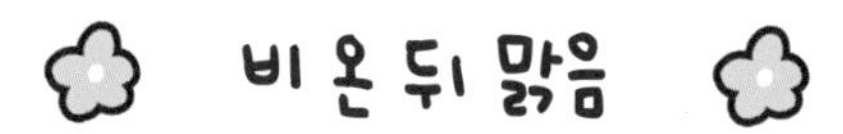
비 온 뒤 맑음

가끔은 어떻게 이럴 수 있을까 싶을 정도로
힘겨운 일들이 한 번에 일어난다.
정말 견디기가 버거워서 누구든 원망하고 싶었다.
그렇게 해서 그 누군가가 나를 가엾게 여겨
이 모든 일을 해결해 주었으면 했다.
하지만 늘 그랬듯 그런 이는 없었다.

시간은 더디게 흘렀고 1분 1초가 다 버거웠다.
힘겨운 시간을 하나하나 몸소 느끼며 지냈다.
모든 건 다 지나간다고 스스로에게 말해 주었지만
아직 지나가지 않은 시간 속에 있던 나는
너무나 힘들었다.

그런 시기에 해결책 따위는 없다.
조금은 환기할 수 있겠지만
무거운 감정들은 여전히 그대로 남겨져 있었다.

그럼에도 하루하루 나아지는 건 느낄 수 있었다.
그제보다 어제가 더 나았고
어제보다 오늘이 더 나았다.
그래서 오늘보다 내일은 더 나을 거라는 걸
그리고 시간이 조금 더 흐르면
훨씬 더 괜찮아질 거라는 걸
어렴풋이 알 수 있었다.
그 믿음이 하루하루를 조금 더 잘 보내게 해 주었다.

신기하게도 힘든 일이 있을 때는
그만큼 나에게 힘을 주는 것들이
내 삶 속에 들어온다.

우연한 기회에 아로마 오일을 사용해 볼 수 있어서
매일 밤 차분해진 마음으로 잠들 수 있었다.
산책하러 나갔다가 우연히 마주친
로제라는 아기 강아지가 너무 귀여웠다.

그 아이의 주인분들은 나를 다정하게 맞아 주셨다.

끊임없는 일상 속 우연들은

나에게 기대감을 갖게 해 주었고

그래서 매일을 기대하며 지낼 수 있었다.

어김없이 다 지나간다.

나에게 왔던 폭풍 덕분에 모든 것들이 말끔해졌으니

이제 그곳에서 아름다운 것들이 피어날 차례다.

인생은 언제나 비 온 뒤 맑음.

숨겨 둔 감정

괜한 자존심 탓에
힘든 걸 내색하지 않았고

좋은 척, 괜찮은 척을 했다

그러면 되는 줄 알았다

하지만 그럴수록
내가 무시한 감정들이 쌓였고
손 쓸 수 없이 상해있었다

괜찮은 척을 하며
타인은 속일 수 있어도
좋은가보다
사실은
그 모든 걸 느끼고 있는
자신만큼은 속일 수 없다

억누르기만 하면
결국엔 탈이 나기 마련이야
숨겨두자
꾹
꾹
으아아!
퍼-엉!

사람이 어찌 늘 좋기만 해
괜찮아
적어도 나만큼은
내 마음을 알아주어야 해

힘든 걸 티 내기 싫어했다.
누군가에게 힘들다는 걸 털어놓는 순간
무너질 것만 같았다.
그래서 자주 괜찮은 척을 하며 지냈다.

하지만 괜찮은 척을 하는 순간
그 감정들은 없어지는 것이 아니라
그저 뒤로 유예가 되는 거였다.
제때 처리되지 않은 모든 것들은
결국엔 다시 돌아온다.

그렇게 괜찮은 척을 하며 미뤄 둔 감정들이 많았고
그 감정들은 어느 날 한 번에 몰려와
손쓸 수 없을 만큼 나를 우울의 늪으로 끌어당겼다.

억누른 감정들은 더 커지고 더 무거워져서 온다.

힘들 땐 누군가에게 털어놓지 않더라도
스스로에게는 솔직해져야 한다.
지금 힘들다는 걸 자신만큼은 알아주어야 한다.

괜찮은 척을 하며 타인을 속일 수는 있어도
자신만큼은 결코 속일 수 없을 테니까.

 분명한 사실 

프리랜서 작가로서
작업의 원동력이 되는 믿음

어딘가에서 누군가는..
내 몫을
잘하면 돼
누군가는 반드시
지켜보고 있다는 믿음이다

때때로 지금 하는 일이
무의미하다고 느껴지며
나는.. 왜.. 그러나..
쓸모없는..
별로야..
으흐흑..
기가 죽을 때가 있다

하지만 그런 생각은
나의 활력을 죽이고
나는.. 왜.. 그러나..
쓸모없는..
별로야..
으흐흑..
내가 가질 수도 있었을
미래를 막아서는 방해물이다

필요한 이야기였어
그리고 분명한 건
누군가는 나를 필요로 하고
오!
그림 좋다
나를 지켜보고 있다는 사실

그것이 비록 한 사람이더라도
분명히 가치가 있다
진심을 담는 거야

기죽지 말고
그 빛을 따라서 걸어

꽤 오랜 시간 그림을 그리는 동안
항상 나를 따라다니던 여러 고민이 있었다.

'언제까지 내가 그림을 그리면서 살 수 있을까?'
'요즘 인기 많은 작가님들 많던데 나는 끝난 게 아닐까?'
'더 이상 아무도 내 그림과 이야기에
관심이 없으면 어쩌지?' 같은 답이 없는 고민들.

이런 고민이 극에 달하였을 즈음에
나에게 제안 하나가 왔다.
서울의 백화점에서 팝업 스토어를 열자는 제안.

한창 모든 것들이 엉망이었던 시기였고
내 그림과 글에 대한 확신이 없었을 때였는데
마치 하늘에서 동아줄을 던져 준 것만 같았다.

어안이 벙벙해서 많고 많은 작가님들 중에
인기도 많지 않은 나에게 어떻게 제안을 주셨냐고
담당자님께 여쭤봤더니

그냥 지켜보고 계셨다고 말씀해 주셨다.

그때 확신이 생겼다.

'아, 누군가는 분명히 보고 있구나.

내가 할 일은 그냥 내 몫의 일을

나답게 하면 되는 거구나.'라는 확신.

어딘가에는 반드시 나를 인정해 주고

지켜보는 이들이 있다.

그 믿음만 있다면 아주 오래, 어쩌면 평생

그리고 쓸 수도 있을 것 같다.

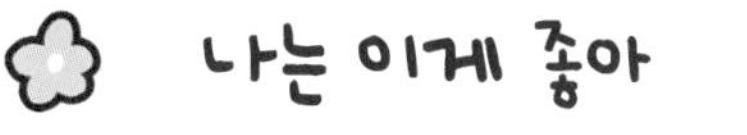

촌스러운 사람이
되고 싶지 않았다

왠지 내가 좋아하는 건
별로 같아서

HOT!
유행하는 것들과
이게 좋은 거군
인기 많은 것들로만
내 주변을 채워놓았다

그럴수록 내 주관이
사라졌고
다들 어떻게 볼까
?!
?!
무언가를 선택할 때도
주변 눈치를 보게 됐다

취향도 주관도 잃어버린 것...
뭘 좋아했더라..
결 심
그때 결심했다

다시 찾으러 가자!
나의 것들을 되찾겠다고!

이게 진짜
좋은 건가?
아니면..
시선 때문?
일상에서부터 차근차근
진짜 좋아하는 걸 고민했고
점점 내가 선명해짐을 느꼈다

내 인생을 잘 살려면
자신부터 알아야 한다
내 지도를
읽는 방법!
앞으로도 내가 선택하며
살 인생이니까

누군가의 시선에 휘둘리던 나는
글을 쓰고 그리는 일에도 두려움이 많았다.
특히나 오글거린다는 말이나 감성적이라는 말은
나에게 큰 비수와 같은 말이어서
그려내면서도 스스로 검열을 하곤 했다.

‘이렇게 하면 오글거리나?’
‘이렇게 하면 너무 감성적인가?’
그렇게 하나하나 하고 싶은 말을 숨기고
되도록 많은 이들에게 받아들여질 수 있는 것들을 썼다.

하지만 그럴수록 왠지 내 그림이 낯설게 느껴졌다.
꼭 누군가에게 나 좀 좋아해 달라고
구걸을 하는 것만 같은 기분이었다.
그리고 그런 그림은 더 이상 그리지 않기로 했다.
내 이야기가 누군가의 기준에서 오글거릴 수도
그저 감성적인 것일 수도 있겠지만 그래도 괜찮다.
어차피 그들을 위해 쓰인 이야기가 아니니까.

내가 가지고 있는 것들을

이제서야 자랑스레 여길 수 있다.

그리고 분명히 누군가는

이 이야기를 필요로 한다는 사실도 안다.

 대충 싸운 것 

하지만 그렇게 쌓은 것들은
아슬
아슬
티가 나기 마련이라

두구두구
헉!
언제나 결정적일 때
나의 발목을 잡곤 한다

무엇이든 완벽은 아니더라도
정성을 들여 쌓아야지
이번에는
더 꼼꼼하게

대ㅡ충
대충한 것도
뿌ㅡ듯
정성을 들인 것도 다 티가 난다

얼떨결에 주짓수 대회에 참가했다.

취미로 운동을 하면서도

언젠가 실력이 쌓이면 대회에 나가 봐야겠다는

자그마한 목표를 마음에 담아 두었다.

그동안은 도장 사람들하고만 운동했기에

객관적으로 나를 돌아볼 수가 없었다.

누군가 조언을 해 주어도

'이 정도면 괜찮지 않을까?'

'이만하면 충분해!' 하고 넘기곤 했다.

하지만 대회에 나갔을 때 상대에게 걸리는 모든 것들은

그동안 누군가 나에게 조언을 해 주었지만

안일하게 넘어갔던 것들이었다.

대충 쌓아 두었던 것이 이렇게 발목을 잡고 만 것이다.

가벼운 마음으로 한다면

어떻게 쌓든 상관이 없지만

정말 잘 해내고 싶은 일이라면

그 일에 정성을 다해야 한다.

대충 쌓아 둔 일은 결국 티가 나기 마련이고

언젠가 스스로의 발목을 잡는 일이 될 테니까.

기대를 저버리는 일

그러면 그럴수록
기대의 크기는 커져만 갔다
으아.. 버거워

나는 나 자신이 아닌
누군가가 원하는 나를
연기하는 것 같았다

그 배역은 내 것이 아니었고
나도 날 몰라
?
더이상 연기하지 않기로 했다

놉!
실망이야
실망시키는 일은 두렵지만
룰루
랄라
그래야만 스스로가 더
자유로운 존재가 될수 있다

갓 성인이 된 나에게
돌아가서 해 주고 싶은 말 중 한 가지.

"누군가 너한테 하는 기대
그게 네가 하고 싶거나 가고 싶은 길이 아니면
다 저버리고 살아!"

내가 저버리기로 한 기대는
엄마가 나에게 막연히 바라던 딸의 모습이었다.
대학생이 되어 장학금을 타게 되니
엄마는 계속해서 좋은 성적을 기대했고
그 기대는 나에게 무거운 짐처럼 느껴졌다.

오랜 시간 괴로워하고 고민하다가 끝에 내린 결론은
엄마의 기대를 저버려야겠다는 거였다.
그리고 엄마에게 통보하듯 말했다.
"나 이번에 장학금 못 탈 거고
못 타면 내가 아르바이트해서 등록금 낼게."

나에게는 일하며 겪을 힘듦보다도
엄마의 기대가 더 힘들게 느껴졌다.
신기하게도 그렇게 통보한 이후로
왠지 모를 자유로움이 느껴졌다.
이렇게 자유로운 걸
왜 그동안 힘들게 누군가의 기대에
나를 끼워 맞추며 살려고 했던 거지?
싶은 생각도 함께 들었다.

과거의 나에게 해 주고 싶은 말.
빨리 실망시켜.
그래야 네가 더 너다워질 수 있어.

순리대로 흘러가고 있다는 믿음

강물에 일정한 속도가 있고
나뭇잎에 자연스러운
흔들림이 있듯이

차근차근
사람에게도 저마다의
자연스러운 흐름이 있을거라고

서두르지 않고 차분히
그 흐름을 믿어보며 가야지
즐거운 마음으로!
룰루~
랄라

분명히 방법이 있을 거야
서두르지 않는다면

마음이 조급해질 때면

큰 나무가 가득한 공원 벤치에 앉아서

나무의 흔들림을 바라본다.

왠지 그 모양새를 보고 있으면

서두를 것이 하나도 없게 느껴진다.

모든 것들이 그 흔들림처럼

자연스럽게 흘러갈 것만 같아진다.

항상 마음속에 담아 두는 믿음 중 하나는

모든 것은 자연스럽게 순리대로 흘러간다는 것.

그래서 이미 일어난 일에도 일어날 일에도

크게 마음 쓰지 않으려 한다.

매번 하는 이 연습이 어느새 일상이 되었을 때

나는 더욱더 자유롭고

자연스러운 사람이 되어 있을 거다.

매일매일 새로운 나

아침마다 하는
생각 중에 하나는

바로 오늘 하루의
새로운 나를 기대하는 일!
오늘도 새로워진다

예전에는 매번 똑같은
나와 삶의 반복이라 여겼는데

알게 모르게 나는
매일매일 변하고
달라지고 있었다

오늘의 경험으로
내일은 한층 더 지혜로워지고
경
험
새로운 내가 된다

우리는 매일 새로워지고
더욱 단단해진다
NEW!

청소년 시기보다

성인 시기가 더욱 질풍노도였던 나는

20대 초반의 모습과

20대 후반의 모습이 전혀 딴판이다.

20대 초반에는 사람을 만나면 상처받기만 해서

집에만 머물며 자주 울었고

겉으로 밝은 척은 했지만 속은 누구보다도 어두웠다.

하지만 20대 후반인 지금은

누구보다 사람 만나는 일을 좋아하고

겉도 속도 밝은 사람이 되었다.

그래서인지 이전에 나를 알던 이들은

변한 모습을 보고 놀라기도 한다.

그런 반응에 스스로도 혼란스러웠던 적이 있었지만

이제는 인정할 수 있다.

우리는 매일매일 조금씩 달라지고

지금의 나는 그때의 나와 전혀 다른 사람이라는 걸.

우리는 언제나 새로워진다.

나무에 잎이 피었다가 지고

또 다음 해에 새로운 잎이 피듯이

사람도 매번 새로워진다.

새로워지고 달라지는 걸 두려워하지 않아도 된다.

너무나 자연스러운 일이니까.

그땐 그때고 지금은 지금이야.

이 책의 이야기들이 읽는 분에게
어떻게 닿았을지 알 수 없지만
제가 생각하고 살아가는 방식에 대해
과장 없이 꾸밈없이 담으려고 노력했습니다.
어떤 날에는 세상을 다 아는 것처럼
건방지게 행동했던 적도 있고,
어떤 날에는 아주 사소한 것도 스스로 결정하지 못해서
혼란스러웠던 적도 있었어요.
여전히 살아가는 사람이라 서툰 것투성이입니다.

그럼에도 이야기에는 분명한 힘이 있다고 믿어
서툴러도 용기 내 이야기들을 엮어서
세상에 내놓게 되었어요.
여러분들은 모든 것에 때가 있다고 믿나요?

저는 진심으로 믿고 있습니다.

그 마음이 저를 한 번 더 행동하게 하고

한 번 더 일어서서 나아가게 해 준 것 같아요.

당장은 알 수 없지만 분명히

날 위한 좋은 순간이 있을 거라고 확신했어요.

그렇게 믿은 덕분에 인생에 책을 4번이나 엮게 되는

행운을 누릴 수 있었던 것 같습니다.

이 책의 이야기들도

제때 필요한 분들에게 분명히 닿았을 거라고 믿으며

진심을 담아 인사를 드려요.

축하해요!

이젠 당신이 피어날 차례예요.

이젠 네가 피어날 차례야

1판 01쇄 발행 2022년 12월 22일
1판 10쇄 발행 2025년 03월 24일

지 은 이 바리수

발 행 인 정영욱
편집총괄 정해나
기획편집 라윤형
디 자 인 차유진

펴낸곳 (주)부크럼
전 화 070-5138-9971~3 (도서기획제작팀)
홈페이지 www.bookrum.co.kr
이메일 editor@bookrum.co.kr
인스타그램 @bookrum.official
블로그 blog.naver.com/s2mfairy
포스트 post.naver.com/s2mfairy

ISBN 979-11-6214-429-9 (03800)